Ernest RENAN

VOYAGES

ITALIE (1849) — NORVÈGE (1870)

3

TABLE

AVANT-PROPOS

ITALIE

NORVÈGE

AVANT-PROPOS

Ernest Renan, qui a beaucoup voyagé, n'a pas laissé de relation de voyage proprement dite. Il a toujours fait passer dans ses œuvres les sensations vives, la connaissance profonde des pays où il a vécu et pensé longuement. On sait que la mission de Renan en Italie (1849-1850) nous a donné Patrice *et les* Lettres d'Italie ; *on en voit des traces dans l'*Avenir de la Science.

Les notes recueillies ici sont celles de ce voyage d'Italie qui n'ont pas trouvé place dans ces ouvrages. Elles tracent un vif tableau des villes italiennes et de la Rome papale à une époque bien éloignée de nous. Bien différente aussi de la vision moderne apparaîtra cette manière d'étudier un pays dans ses relations avec le passé, de le « comprendre » (le mot revient souvent), et d'y avoir cependant les plus vifs élans du sentiment religieux. Il semble bien que c'est en Italie que Renan eut l'intuition de la création religieuse spontanée et de la poésie qui s'en dégage. Mais, dans ces notes ardentes, il n'apparaît nul souci de rapidité ou de confort, aucun de ces détails matériels qui semblent aujourd'hui un signe de puissance. L'entretien avec soi-même est tout spirituel.

Le second voyage — en Norvège — eut lieu sur le yacht du prince Napoléon, cousin de Napoléon III. Il fut interrompu par la guerre de 1870. On connaît l'amitié de Renan pour le prince Napoléon, qu'il désigne souvent, dans sa Correspondance, comme « l'un des premiers esprits du siècle ». Ces notes, prises sur un modeste carnet, sont d'un caractère plus bref, plus calme. Ces paysages du septentrion ne comportent plus les riches réflexions que l'Italie provoquait chez Renan, même au déclin de sa vie.

Dans sa sobriété, ce court récit, assombri de pressentiments, dessine d'un trait net les paysages intenses du Nord, et on y retrouvera ce sens des races primitives qui pénètre et éclaire tant d'œuvres de Renan.

L'ensemble de ces notes et carnets se trouve à la Bibliothèque Nationale. La lecture en est parfois difficile, et, pour l'intelligence du texte, les éditeurs ont dû établir une sorte de classement, et compléter grammaticalement quelques phrases tronquées par la notation rapide. Ceci n'est pas une édition critique ; mais ceux qui ont gardé le goût de la sensibilité et de la haute culture trouveront sans doute dans ces lignes brisées une lecture dont le temps n'a pas affaibli l'intérêt.

VOYAGES

ITALIE (1849) — NORVÈGE (1870)

ITALIE
(1849)

L'ITALIE
(1849)

Sur le Rhône, en vue de Vienne. — Les villes anciennes ont de la physionomie ; les villes modernes pas. Dans une ville, ce qui a de l'intérêt, c'est le vieux, la cathédrale, l'église, le vieux château. Le moderne pas. La France uniforme éteint les originalités locales. Au moyen âge chaque ville a son rôle et son histoire. Vienne, Arles, Avignon, Montpellier. L'histoire de chaque ville finit à la centralisation ; dès lors elle devient purement municipale. La France est un vrai phalanstère ; chacun y fait sa besogne pour le tout, cela fonctionne régulièrement, sans originalité. Chacun sa fonction, rien au delà. Cela est fâcheux, condition d'un plus grand bien.

*
* *

Avignon.

Nous autres, hommes du Nord, nous nous animons pour un objet ; les Méridionaux se font un objet pour s'animer. Les gamins se posent sujet de disputes purement arbitraire et fictif, assaut de paroles et de quolibets, on fait cercle à l'entour. C'est l'animation, le besoin de passion, de déverser son feu, qui est le but. Étonnante animation politique, jeux, chants. Scènes populaires délicieuses. Je comprends le Midi. Esprit municipal très fort, esprit par lequel on se contente facilement du petit horizon d'une ville. De la les institutions municipales si anciennes dans le Midi.

*

* *

Nîmes.

Du haut de la tour Magne. Temple de Diane, une inscription latine en lettres grecques. Arènes. Grandeur effrayante de ce peuple ; ce monument-là, au milieu de ragots provinciaux, en face d'un petit théâtre. Carillon de cloches. Cette civilisation romaine dure, place des esclaves, place des courtisanes, du sang. Cloches, églises, les pauvres de Dieu, christianisme, victoire des parties inférieures de l'humanité sur les parties supérieures, débordement de sensibilité.

Maison carrée, temple de Diane, je comprends le culte antique. Au fils d'Auguste, au nom de la jeunesse. *Respublica Nemansensium Augusto.* Le temple, culte pur de l'idéal. Édifice inutile. Voilà tout. Pas d'idée religieuse sérieuse. Cette religion n'avait rien pour la conscience, rien pour l'instruire. Pas de foi. Mais le culte pur de l'idéal.

Du haut de la Tour Magne, musique militaire, là-bas., tambours. Depuis combien de siècles la vie va ainsi !

L'antiquité n'entendit rien à la question du bonheur. Elle y pensa trop, elle se le proposa trop immédiatement. C'est l'ataraxie, dit l'un ; c'est le plaisir, dit l'autre. Le moyen d'être heureux, c'est de ne pas penser à l'être, c'est de s'isoler tellement de soi-même, c'est de se quitter à un tel point, qu'on ne se regarde plus, qu'on s'absorbe dans un grand but, sans retour réfléchi. *Fili, relinque te et invenies me...* ce que l'Évangile appelle perdre son âme pour la trouver. Celui qui cherche à calculer son bonheur, à le combiner, à l'arranger, ne le trouvera pas. Lors même que l'obstacle ne viendrait pas du dehors, il viendrait de son cœur. Le christianisme seul y a entendu quelque chose. *Beati pauperes, beati mites.* D'ailleurs, il faut le dire, l'antiquité pouvait plus facilement que nous se rendre heureuse dans une théorie, car l'antiquité n'avait pas notre prodigieuse subtilité psychologique, qui se dévore sans objet. Elle ne connaissait pas le scrupule, fait si remarquable, et qui a des analogies si étendues.

*

*　*

Montpellier.

M. Christien, agrégé de la Faculté. M. Dubrueil, visite chez lui. Il me fait bien comprendre un côté de Montpellier vraiment scientifique. Kühnholz est l'acolyte de Lordat, vitaliste pur, méthode en l'air et grossièrement substantielle. Spiritualisme grossier. Dubrueil, au contraire, est anatomiste. — Collection superbe de crânes et d'anatomie comparée. Ses lois sur le tronc médullaire, et sa position relativement à la masse du cerveau. Expliquer la position de la tête des Guanches.

Cette école de Montpellier a une vraie majesté. C'est un centre de développement assez multiple et caractéristique du Midi. Pas trop de mesquinerie provinciale. Une tournure assez scientifique et philosophique, littéraire même. Fort religieux et orthodoxe. Il y a eu beaucoup d'hommes instruits.

Montpellier. — Collection de M. Kühnholz, bibliothécaire de Montpellier. Une Vénus de Canova. Un manuscrit du *Traité de l'Infini crée* de Malebranche, où ce traité porte le nom de Varignon, et est joint à des traités de Varignon, et qui semble trancher la question controversée de l'authenticité de ce traité, dont l'hétérodoxie surprenait. Un exemplaire des médailles de France, à la suite duquel (particularité unique ou rare) se trouve une planche de caractères inconnus qui semblent talismaniques. Plusieurs savants auxquels il en a envoyé copie en ont aussi jugé ainsi. Il y a un monument en caractères cunéiformes, avec mélange d'images symboliques, analogues aux cylindres babyloniens de la collection de la Bibliothèque Nationale.

M. Kühnholz est un amateur, pas autre chose, très capable de bonnes monographies (celle qu'il fait sur les Spinola, à propos de celle qui mourut d'amour pour Louis XII), mais de rien au delà. Avec cela, grossièrement théoriste et fourrant la théorie partout. Sectaire de montpelliérisme.

Fontanel, bouquiniste, beaucoup de vieux livres de médecine. Il possède les manuscrits d'Amoreux sur l'histoire de la médecine, etc. Beaucoup d'ouvrages locaux.

Le philosophe est compris de cinq ou six. Le siècle se convertit. Quand viendra le socialisme, ce sera bien pire encore. Ces bourgeois athées (Thierry), entre le socialisme et le christianisme, se sont faits chrétiens. Quel gouffre que cette question religieuse ! Il est indubitable que la France est catholique, foncièrement catholique, que le catholicisme est *sa religion*. Il est indubitable que le christianisme est scientifiquement inacceptable. Mais le peuple s'en soucie peu et ne le sait pas. Position à prendre : prendre la religion de son temps, tout en étant critique vis-à-vis d'elle. Ce qui n'empêcherait pas dans un ouvrage individuel de faire cette critique, mais sans nulle vue de prosélytisme. Puis il y a le point de vue plus avancé ; travailler à la religion nouvelle. Notre siècle est utilitaire, même en religion. Et puis, quoi qu'on dise, le siècle ne croit plus à une révélation infaillible, aux dogmes, mais à des doctrines utiles, nécessaires, consolantes.

En province, architectures locales : À Caen et environs, types de Caen. À Avignon, Tarascon, la petite tour brodée, etc. Les modes d'églises, de villages vont par régions.

*

* *

À bord du *Veloce,* en mer.

Ce capitaine, type naïf de son espèce, exprimait à merveille ses idées sur les conversions des sauvages, purement extérieures. Ils se plient à un règlement, chantent, battent des pieds en cadence, mais ils ne comprennent rien à la dogmatique. Légers, prennent cela en riant. Les missionnaires anglais les *dressent.* Auparavant, ils dansaient tous les soirs au clair de lune maintenant, ils ne dansent plus ; ah les vilaines gens ! Ce capitaine exprimait fort naïvement le cosmopolitisme du marin. Passer d'une mer ou d'un pays à un autre n'est pas plus pour lui que pour nous passer d'une rue à une autre, connu pour connu.

À bord du *Veloce.*

Conversation du missionnaire des Marquises. Je comprends à merveille combien il est absurde de traiter ainsi la psychologie : origine des idées, de la morale. L'homme naît avec une telle idée, les choses se passent ainsi, et de ce jour naît la morale, etc. Tout cela est abstrait et hypothétique. Il faudrait faire la science expérimentalement. Telle race a telle idée, telle race se développe de telle façon. Les sauvages ne croient pas mal faire en mangeant de la chair humaine. Ce sont les gens les plus doux du monde. Ils ne distinguent pas le bien et le mal moral. Vol et adultère *invito marito* seul. Le *Tapou* est leur vraie morale, et le tapou est si compliqué que le missionnaire disait qu'au bout de onze ans il ne le comprenait pas encore. La langue des Marquises est un dialecte du *polynésien*, langue unique de la Polynésie.

À bord du *Veloce*, en vue de la Corse.

Aspect superbe de la Corse, tous les sommets dans les nuages.

Les marins regrettent qu'il n'y ait plus d'aumôniers ni d'exercices religieux à bord des vaisseaux. Ils disent que cela rompt la monotonie. Cela est clair. C'est la part de l'idéal. J'aime qu'on prêche à ces gens-là la plus grossière superstition, cela vaut mieux que la vie irréligieuse. Aussi tout ce qui est religieux les touche.

Il est vrai de parler pour et contre la religion. Contre la religion au point de vue philosophique, pour, au point de vue du peuple, pour qui c'est l'idéal. On s'impose d'être logique, d'avoir un système carré, mais c'est là le faux, il faut avoir des aperçus.

ROME

Visite avec le frère Theiner à Saint-Jean et Paul. Monastère admirable sur le sommet de la seconde colline du Palatin. Calme et horizon incomparables. Je comprends une ville centre de religion. Possibilité de participer à la religion de son temps, sans y croire. Je me repens de ma critique. Il faut garder cela pour soi. Il faut que l'humanité croie quelque chose, un système fait. On peut le critiquer à part soi.

Cette ville est vraiment une ville sainte, pas de maisons vulgaires. Formes inusitées, non pour l'utile, pas comme ailleurs rien que des fenêtres et des cheminées.

Promenade à Saint-Jean et Paul, le jour de la station.

Pour comprendre le profond bien-être qui fait le fond de la vie du peuple italien, il faut voir le Forum, etc., le dimanche. Tranquilles cloches répondent aux cloches, la villa Farnesiana entre des verres et des joyeux propos, chants des *Sacconi*, rien de bruyant, soleil d'or. Oh ! que l'on comprend bien que ce peuple se soit endormi dans cette dévotion sensuelle, qui n'est qu'un plaisir, qui n'exige qu'en apparence renoncement et sacrifice. On *accepte* cela ; eh bien ! comme les autres. Cela est occasion de promenades, de plaisirs amollis, doux. Oh ! Sirène ! (je suis trop au-dessus, et pourtant c'est la mon dernier mot.) Dévotion, occasion de toute promenade ici. On s'amuse entre deux exercices de piété. Les cloches tintent.

Un jour, j'errais, le jour des Morts ; je suivis une foule pieuse qui montait la colline du Vatican. De nombreux mendiants échelonnés sur la route m'indiquaient l'abord d'une station pieuse. Je suivis. Inscriptions touchantes des sarcophages.

Aujourd'hui, j'ai merveilleusement compris ce peuple, vivant tranquillement dans sa religion qui le satisfait et l'amuse ; population calme, sans idées politiques du XVIIIe siècle. Et tout cela a abouti à un affaissement, une horrible dégradation. Combien j'ai compris la Rome du XVIIe siècle, s'étendant nonchalamment dans sa dévotion, jouant avec ses cérémonies, églises de Borromini. Là est le prix, et en un sens la beauté de cette architecture d'ornementation de mauvais goût, bien en rapport avec ce culte, ces lignes brisées, subtiles, tourmentées, bizarres.

Que j'ai vivement conçu cela en opposition avec la turbulence actuelle ! Quoi de paix nulle part, pas même à Rome Oh ! qui me rendra la Rome d'autrefois, la Rome de Benoît XIV, pas l'ombre d'un doute, peuple, cardinaux, indulgences, abus énormes, mendiants... tous ces monastères fondés à cette époque par de nobles dames.

Poésie du mendiant. Moines mendiants. Laisser-aller. Pas plus tristes pour cela. Façon de vivre toute naturelle en ce pays. Il me demande au nom de la Madone. Il me remercie par la Madone. Ah ! que je te remercie !

Aux Thermes de Caracalla, l'hémicycle des disputes philosophiques. Combien cela a peu fait ! Saint-Nérée et Achillée près de là. Ils ont plus fait. Il faut un peu de dogmatique pour l'humanité, pas trop. De la spéculation, des dogmes pour la pratique, voilà la religion, la politique. Le philosophe prend les dogmes pour eux-mêmes. De quoi s'occupait-on en ces écoles ? De choses abstraites, indifférentes à l'humanité.

*
* *

6 novembre. — J'ai saisi un moment divin de l'Italie au cimetière San-Spirito. Puissance plastique et imagination de ce peuple. Forme poétique et grande. La religion est créée par lui, quoi qu'on dise, et non imposée par le clergé. Que tous ces .... sont crées (?) ! Cette confrérie de filles coiffées de blanc, chantant, ce chemin de la croix, ces caveaux, ces inscriptions, ce concours à jour donné, en toilette. Cela est divin. J'ai senti cela d'une façon ineffable. Toute cette Rome est un ensemble

unique, comme la Mecque. On ne comprend la religion que dans ces ...

Combien elles sont vraies et créées par le peuple !

*

* *

Église de l'Ara Coeli. Marbres de Jupiter Capitolin, que les Romains avaient pris au temple de Jupiter Olympien. Colonnes saintes qui depuis 2,500 ans portez vers le ciel la pensée religieuse de l'humanité ! Voilà, la religion, se faisant des détritus. Une colonne grecque sous le ciel de Rome, et dans un ensemble de goût moins délicat, puis tout cela mêlé dans un salmigondis de mauvais goût, pavé de morceaux de mosaïque, qui est l'église chrétienne. De mauvais goût, mais touchant, populaire. La Vie de sainte Élisabeth a succédé à Vénus. L'éternelle pensée religieuse de l'humanité se traduisait par des formes diverses. Mauvais goût tant qu'il vous plaira, j'aime ce mauvais goût, comme j'aime saint Augustin, le pathos mystique, le genre capucin.

Ara Coeli, le jour de Noël.

Crèche toute populaire. Des bergers, pauvres, simples, fort bien saisis. Ce sont des simples aussi qui regardent et comprennent fort bien. Les femmes élèvent leurs enfants dans leurs bras, pour leur montrer la Madone et le *bambino*. Ce petit *bambino* est fort bien saisi, emmaillotté à la façon du pays.

Combien ce petit enfant a fait raffoler de têtes ! Sainte Catherine de Sienne, saint Antoine de Padoue. Je comprends pour la première fois la moralité de ce mystère. Jésus enfant, pauvre au milieu des pauvres. Oh ! quel charme pour ce peuple ! Aussi comme il aime cela ! Cela dans le temple de Jupiter Capitolin ! Non ! Il n'y a pas de décadence dans l'humanité. L'un vaut l'autre. Le saint pour le grand.

Rien, rien ne vaut Noël à l'Ara Coeli. Tout populaire, rien que du peuple. Fête des enfants. Prédication, récits, dialogues d'enfants. Les petites, filles montent sur l'estrade, facilite de gestes charmante. Une petite s'arrête, éclats de rire, elle ouvre de grands yeux, éclate aussi, et descend. Charmant, divin. Eh ! La piccola creatura, la poverina ! Charmante fillette, physionomie sage, sourcils froncés. Le bambino : *O che bambino! O che bello*, disent les petits enfants. C'est leur fête. Ils parlent ce jour-là dans l'église, ils crient à leur aise. Désordre délicieux groupes, on cause, on entre, on sort. Cela le soir après l'office, et à la fin, à la nuit, un moine vient en grommelant mettre tout le monde à la porte. « Voulez-vous donc rester là toute la nuit ? » Aucun ordre dans ces prédications d'enfants. Chacun à sa guise. En France, c'eût été disposé, arrangé, prêtre présidant, bon ordre, police. Absence complète de police. Les enfants sonnent les cloches, grimpent contre les fenêtres, etc. C'est vrai, c'est populaire. Le peuple prend ces images avec une incroyable réalité. Ce bambino emmaillotté, voilà l'Italie.

Comment les modernes ont infléchi les dogmes chrétiens pour les rendre gracieux, à leur guise. Annonciation, une jolie petite demoiselle pieuse, Dieu à elle, c'est charmant. (Sainte Marie-Majeure, un petit tableau de chapelle.)

*

* *

Aujourd'hui j'ai prié. Comment je reviens à la prière. En cimetière, un tombeau de jeune fille (prendre l'épitaphe du cimetière San-Spirito). Ma pensée. Peut-être l'aurais-je aimée. *Priez pour elle.* Eh oui ! je prierai pour toi, douce âme ; je tombai à genoux et je dis pour elle la prière des chrétiens. Depuis ce temps, je suis tout changé ; je crois que je suis redevenu chrétien.

Le cimetière San-Spirito.

Je ne passe jamais près du tombeau d'une jeune fille (surtout si on loue sa pudeur et sa piété) sans en être touché. Peut-être l'aurais-je aimée ? Peut-être était-elle bonne et belle ? Peut-être réalisait-elle mon idéal ? Douce chose que cette influence de deux âmes à travers le temps. La fille de Caecilius et de Metelus. Ô vertu, ô beauté, vous seules immortelles !

*

* *

Prédication au Colysée. Capucins, confrérie en gris, tête voilée à l'entour. Des femmes en grande toilette, françaises, suivent une femme portant une croix. Chaque pauvrette a un voile sur la tête. Se le met avec une grâce charmante. Femmes très bien mises sur les marches de la croix, allaitant leurs enfants. Chacun faisant son ménage, hommes cherchant des poux, etc.

*

* *

Saint-Louis des Français. *Quicumque orat pro rege Franciae,* tant de jours d'indulgence. Dames pieuses priant à l'autel de Saint-Louis ; et à un autre, vis-à-vis, pour la légitimité, j'en suis sûr. Les femmes rendent tout aimable, même le ridicule. Je voulais plaire à ces femmes, et je fus un instant légitimiste. Je compris toute la beauté et la poésie des pleurs des femmes.

Dévotions populaires et féminines vraiment charmantes. Non, jamais je n'ai été plus délicieusement touché qu'au moment où je vis ces belles dames en noir s'agenouiller et baiser la croix. L'endroit est usé de baisers. Oh ! heureux ceux qui peuvent coller leurs lèvres sur cet endroit où tant de douces âmes se sont exhalées !

Mais un homme sérieux, c'est un bigot, fi donc ! Voila la différence !

Les dévotions populaires ici sont charmantes. Les Madones sont généralement d'un type très doux et très pur, quoique très mou. Une lumière devant. Il y en a partout, au café, dans les tripots. C'est l'idéal pénétrant partout. Il me fait peine de songer qu'il faudra un jour que cela disparaisse.

Ces dévotions sont ridicules, mais du moment qu'elles sont pratiquées par le peuple et par les femmes, elles deviennent intéressantes.

Quand les trois cents églises de Rome carillonnent à la fois, il n'y a pas de philosophie qui tienne, c'est comme si trois cents nymphes agaçaient saint Antoine. Quand on a le sens religieux tant soit peu vif comme moi, cela électrise. Voilà pourquoi les fêtes sont ici le souverain plaisir et le peuple y tient par-dessus tout. J'aime mieux cela que d'être enfermé dans une manufacture, cela vaut mieux que notre pâle vie prosaïque.

D'abord en arrivant dans ce pays, rage, colère. Maintenant abandon, à cet abandon général. Je me plonge avec ivresse dans cet océan de mollesse. Ma manière a changé, ou s'est modifiée. Ce sont les Madones dont je raffole, les vies de saintes italiennes, les religieuses de Sainte-Claire, surtout. Je passe à tel angle, où il y a une ravissante et amoureuse Madone.

*

* *

Église de Sainte-Françoise romaine. Matinée de la Toussaint. Charmant spectacle, quatre ou cinq femmes, une communion, une facilité charmante, rien de cérémonieux. Elle montait l'autel sans aucune attention, comme dans sa chambre. C'est désert, d'ailleurs. Visite à Saint-Grégoire, Saint-Jean et Paul. Cloître charmant. Soleil divin. Matinée délicieuse et très pure.

*

* *

Rome est la ville du monde où on est le plus libre, de la petite liberté. Pas de police.

*

* *

À la Ripa Grande. Attristé de cet air d'utilitarisme. Un établissement d'intérêt matériel, des phares, un port. Ce n'est pas ce que je voulais.

Cette Niobé des nations !

*

* *

Pèlerins à Saint-Pierre. Joie quand on a fait un grand voyage et qu'on arrive au sanctuaire désire. Quelle consolation ! La joie du pèlerin est une des plus vives dont le rationalisme nous ait privés.

*

* *

Ex-votos de l'Ara Coeli. Situation charmante, peinture populaire. Le 6 novembre, passant sur la place de l'Ara Coeli, je vois une voiture qui heurte un mur, nul accident, un fait tout ordinaire, il attire à peine mon attention. Quelques (cinq ou six) jours après, quel fut mon étonnement de retrouver le fait peint dans ses plus menus détails, et d'une manière fort touchante, avec saint François qui présidait au miracle !

En sortant, je vis une femme hydropique, à l'aspect touchant, montant péniblement mais sans soutien, les marches de l'église. Je lui offris mon bras ; elle le refusa gracieusement, en me faisant entendre que c'était un vœu. Puisse-t-elle guérir ! Tour charmant de la foi populaire pour sauver le miracle quand il ne se fait pas. La volonté de Dieu se fasse, ne pas tenter Dieu. L'église de l'Ara Coeli est la plus caractéristique de la dévotion populaire.

*

* *

Saint-André della Valle, fête de Saint-André.

Rien de religieux. Tous tournés vers l'orchestre, nuls vers l'autel, debout, manteau sur l'épaule, entrant, sortant. Saint André le martyr, lui, là-bas au fond, sur sa croix. La fête de ces grands hommes de dévouement est devenue simplement une bonne aubaine pour ces chanoines et leurs amis qui viennent faire chère avec eux.

Quelle différence ! Chant ecclésiastique du temps de saint Ambroise. Ce qu'en dit saint Augustin. Au temps des persécutions, pour soulager l'ennui on se mit à chanter (jusque-là, on ne l'avait pas fait), et aujourd'hui, c'est un pur spectacle. C'est l'essentiel ; le reste, nul n'y fait attention.

*

* *

La religion va mourant dans ce pays même. Les marchands de *legno santo* sur les marches de Saint-André n'en ont pas vendu pour cinq baïoques. Les superstitions populaires disparaissent. Cela m'attriste. Il faut que j'aille dans mes petits coins de dévotion populaire pour me consoler.

Legno santo. — Les marchands n'en auraient pas vendu pour deux baïoques si je ne leur en avais acheté pour deux sous.

*

* *

Rome.

Elle a usé ses deux destinées, et devînt-elle la capitale de l'Italie, que serait-ce auprès d'être la capitale du monde, la ville unique ? Car elle ne sera certainement pas la capitale de l'esprit moderne. Paris, la nouvelle ville sainte.

Ce peuple est abruti. Pas de jeunesse ! Oui, mais à qui la faute ? Misère !

Il faut pourtant être exact. Des personnes bien instruites, des Français depuis longtemps établis à Rome pour affaires, et aussi hostiles que toute personne raisonnable et honnête doit l'être aux abus actuels, m'ont assuré qu'il n'y a pas de faim à Rome, peut-être pas autant qu'en France dans les villes manufacturières. Mais j'entends par *misère* la dégradation de l'homme vivant aux dépens et par conséquent dans le servage immédiat d'autrui. Et à ce prix-là, depuis le capucin qui parcourt les rues, débraillé et les pieds dans la boue, jusqu'à cette nuée de mendiants, Rome est le pays de la misère.

Le mendiant à Rome. Le Romain est mendiant par fierté. Le Romain ne cultive pas la terre, ce sont des gens des Abruzzes qui viennent. Les princes, le peuple s'en moque. Profonde démocratie : ils ne paient point leurs domestiques, ce sont les domestiques qui paient.

Une Madone dans un café au milieu du vulgaire. Quelles délices !

*

* *

M. Visconti. — Que vous disais-je ? Que le pape est vassal du roi de Naples ; le souverain du monde spirituel se laisse exploiter par le plus abominable tyran des temps modernes. Le roi de Naples espère tout couvrir et tout se permettre avec le pape. Il exalte la population fanatique et le clergé. Le pape parait avec lui et sanctionne tout. Ô Grégoire VII, ô Innocent, qui aurait dit que votre successeur se ferait le plastron des crimes d'un Henri IV !

*

* *

L'art italien, c'est le fini, un cadre très étroit. L'Allemand, c'est l'infini, tongues percées à perte de vue.

L'Italie est le moins moderne des pays d'Europe ; l'Italie est encore *ancienne*. Le gothique, type du moderne, n'y est pas. Les temples sont antiques, ses églises sont des temples. Rien de germanique, d'idéaliste. Son amour, sa poésie, fini comme l'antique. C'est la terre classique, rien de romantique.

*

* *

Ce soir, il faisait froid, temps gris. Je compris pour la première fois la peine de la solitude. Depuis que je suis ici, je n'ai parlé de l'âme à personne. Je courus les rues de la ville à la brune, rue glissante et humide, petite pluie. Je crus voir quelque lumière en un oratoire ; j'entrai. Il faisait chaud et doux dans cette petite atmosphère. Il n'y avait que du peuple et quelques femmes, que j'eus lieu de croire simples. Combien je sentis alors la douce société humaine ! Chants en latin, fortement accentués, par des femmes du peuple se faisant du latin à leur guise, mangeant les syllabes par l'accent. Peut-être souffraient-elles ? Peut-être pauvres ? Peut-être avaient-elles faim ? Certes la plupart de ces gens voyaient le monde par des lunettes très différentes des miennes. N'importe ! Réunis là pour un but spirituel, pour l'idéal. Réunions des cafés, des restaurants. Je ne me sentis plus seul, il ne faisait plus froid et humide. On chanta. Bénédiction du Saint-Sacrement. Un morceau de pain, voilà tout pour moi. Non. Ô foi, quelle est ta force ? Tu idéalises toutes choses ; le pain, tu en fais Dieu. Non, ce n'est pas un peu de matière et rien de plus, ce qui console, ce qui élève tant de bonnes âmes. La matière n'est que pain, mais l'idée ! « Ce n'est que du pain », proposition fausse.

Depuis ce temps, j'ai pris l'habitude d'aller le soir dans les églises y chercher compagnie. C'est la meilleure, celle des simples. En salons, frivole ; en cafés, oh ! péché !

Églises. Il faisait bon dans ce doux petit lieu. Âmes simples et bonnes. Femmes voilées, qui levaient doucement les yeux.

*

* *

J'ai rêvé cette nuit d'un jour horrible. Ce jour, ce serait celui ou le christianisme ne serait plus. Un gouffre s'ouvrait, le terrain manquait sous mes pas, je tenais par quelques feuilles à un arbre suspendu au-dessus de l'abîme. Elles s'arrachèrent... Au moment, un joyeux carillon me réveilla. Les cloches de la ville sonnaient doucement, et se répondaient. En même temps, j'entendis des chants : Consolatrix aflictorum, Virgo purissima, Rosa mystica... Ces voix étaient douces et fortes à la fois. Le soleil entrait à plein par fenêtre, éclairait mon lit, mes livres. La vie me sourit de nouveau.

Pourquoi, quand je me trouve au milieu de simples en église ou ailleurs, se défient-ils de moi ? Ils me suspectent, me regardent, ils ont peur pour leur croyance, qui est leur bien. Ô simples, je suis avec vous !

Croyance aux démons, curieuse. L'homme réalisant en êtres extérieurs ses faits intérieurs. Le démon de chacun, c'est son cœur.

Je suis critique, mais je ne fais pas trop de cas de la critique.

*

* *

Ah ! que je comprends bien les mystiques, quand ils prêchent le renoncement à la terre, le détachement ; touchés de la grâce, moments de dévotion sensible. J'ai senti tout cela à Rome. Quand je m'étais occupé de mes choses positives, le ciel se couvrait de nuages. On regrette le pain céleste, on sent le besoin de s'abstraire des choses inférieures, pour retrouver le ciel. Les âmes pures ont de ces moments de joie ineffable, sorte d'ouvertures douces sur un ciel bleu. S'abstraire du bruit, des nouvelles, oraisons, vivre avec les saints. Ah ! que les mystiques me ravissent, qu'ils sont vrais ! Je me suis dissipe ces jours, et j'ai perdu l'arôme des premiers jours. Se faire revenir une à une a toutes les pratiques du christianisme.

L'art et la poésie anciens ne prennent jamais que l'homme sain et normal. Castor, Pollux. Ils ne comprirent pas la poésie du malade, du triste.

*

* *

On a entendu jusqu'ici la conciliation des sectes religieuses, des religions et des philosophies, d'une manière absurde. On suppose qu'elles pourront s'entendre par un compromis, en cédant une partie de leur bagage ; c'est impossible. Toute conciliation dogmatique est impossible. La conciliation n'est possible que sur le terrain du sentiment. Car là toutes posent également, toutes sont identiques. Cette conciliation se fait en moi. Mais espérer qu'un jour le protestant admettra la présence réelle ou l'institution divine de la confession, que le philosophe admettra... C'est absurde. L'éclectisme est absurde en ce sens. Au fond, les dogmes d'une religion sont la partie la moins importante. Ce n'est pas par là qu'elle représente quelque chose, c'est par son esprit. Le protestantisme et le jansénisme représentent la liberté, tout en niant la liberté, etc.

*

* *

En Italie, un goût charmant pour la vie. Douceur vague de vivre. Nous, non ; il faut agir. Nous sommes toujours pressés, eux, non. Ils jouissent de ce cours lent et monotone. Nous, il nous faut descendre en bateau à vapeur. Nous n'aimons dans la vie que l'action ; eux, ils aiment la vie.

*

* *

Michel-Ange, ingénieur, pour défendre Florence, employait les loisirs que lui laissait sa charge de commissaire des fortifications dans la forteresse de San-Miniato, à la sculpture. Il descendait la nuit de San-Miniato à Florence pour achever les statues de Laurent et de Julien de Médicis contre la maison desquels il combattait.

*

* *

Puissance de cette organisation romaine, pliant chacun à son rôle, bâtissant le Colysée, tessons de fer. Ce peuple bâtissait pour l'éternité.

*

* *

Lézards courant sur des vieilles murailles romaines, sous un soleil brûlant. Terrain jaune à l'entour.

*

* *

J'allais sur la voie Appienne ; fatigué, je m'arrête à Santa Maria delle Piante. Chapelle populaire, elle n'a pas été adoptée par les princes et le haut clergé. Ex-votos : poignards, couteaux. La religion n'a pu abolir le couteau, elle le consacre. *Elemosine per Jesu Nazareno.* Je lui ai donné. Il est là portant sa croix. Oh ! Jésus ! je te refuserais quand tu me demandes ! C'est toi qui m'as ouvert ce lieu de repos. Je paie mon ombrage. Tout cela est crée par une légende. Pouvoir plastique de la légende : elle a fait tout ce qui m'entoure.

*

* *

Le soir du jeudi saint au Colysée. Français, ton profane, des femmes faisant des phrases. Une dame romaine vient baiser et s'agenouiller au pied de la croix. Une dame française : « Elle va s'enrhumer... Vous allez attraper froid... Allons, en voilà assez (ton bourgeois) » ; elle se retire embarrassée.

*

* *

Au Vélabre, entre le cloaque et le Boarium. Les églises bâties sur des temples anciens sont justement les plus populaires.

Antiques encastrés dans les églises ou les édifices modernes. Arc de Sévère appuyé contre Saint-Georges du Vélabre. Temple d'Antoine et Faustine, soutenu par une église y insérée.

Saint-Georges du Vélabre ; je comprends comment le temple païen est devenu la basilique, l'église chrétienne. Le portique sous colonnes, comme à la Maison carrée, est conservé ; première colonnade. Puis, le corps d'édifice s'élève. C'est moins délicat de conception et d'un goût assez grossier.

Puis en gothique les premières colonnes se collent au mur et font le portail.

Temple de la Pudicité Patricienne Santa-Maria in Cosmedin.

Fortune virile. Concorde. Mon idéal de culte. Culte de l'idéal.

*

* *

Musée du Capitole. — Tête de Jupiter. Oui, il faut l'adorer. Combien la tête de Jupiter supérieure à celle du Christ ! Voilà bien la vie calme, placide de l'antiquité, sans crainte et sans larmes. Un tombeau ancien : jamais un emblème de pleurs.

Ce sont des amours, des scènes mythologiques sur le sarcophage, n'ayant aucun rapport avec la personne (histoire d'Achille, les Amazones, etc.). La mort était chose si simple, quand elle venait naturellement.

Quand on mourait jeune, alors cela paraissait anormal et on plaignait. « Il s'endormit plein de jours. »

*

* *

Théâtre de Marcellus. Horribles échoppes.

*

* *

Le Colysée reste un monument populaire. Nous y avons assez souffert, mis la main dessus. Pas d'art ; merveille que Sixte-Quint ne l'ait pas fait revêtir de marbre, et n'y ait pas sculpté des stations comme au Panthéon. Je ne blâme pas qu'on ait fait une église, mais qu'on l'ait revêtue de marbre. J'aurais voulu qu'on y ait installé capucins, avec mauvais autel, vieille croix et quelques grossières images populaires. Mais ce christianisme artistique du Gesù, non. Il n'est pas là à sa place.

Cela fait double effet, mauvais goût comme les chevaux de Monte-Cavallo, comme les statues antiques du Capitole servant bien réellement d'ornement moderne. Ne pas faire servir l'antique à deux fins, à fin moderne. (Je préfère les arènes de Nîmes.)

Ici, les monuments sont à leur place. Ce ne sont pas des monuments, ils sont vrais. À Paris, on entourerait d'une balustrade, on mettrait une sentinelle, on déposerait les cannes et parapluies. Thermes de Julien, par exemple. Ici on approche, on touche *ad libitum*. Il y a des charrettes contre le Panthéon d'Agrippa. Les marchands de marrons et de... appuient leurs échoppes. Ici, il n'y a de consigne nulle part, ni de sentinelles, si ce n'est depuis les Français, et encore ils ne gênent pas. Les monuments anciens chez nous sont morts, des objets de musée. Ici, vivants, vrais.

*
* *

Saint-Étienne-le-Rond. Poème admirable. Galerie héroïque. Beauté de cette légende des martyrs. Le martyr, je l'aime. Peu critique, absolu. C'est une création du christianisme.

*
* *

Croix. Le mot n'a pas eu de sens avant le christianisme. Les anciens n'avaient pas de dogmatisme. Religion d'Homère.

*

* *

Minuit. Je travaille, j'entends les cloches de toutes parts réveiller les religieux pour chanter. Esprit ! Esprit ! Oui, ce peuple a besoin d'une tutelle. Mais de qui ? De ceux qui l'ont abruti ? Non, de la France.

*

* *

Ridicule d'une cérémonie à Saint-Pierre de Rome avec des billets réservés aux ambassadeurs. Pure mômerie, ennuyeux opéra. Mais la Scala Santa !

*

* *

Au Collège romain. — Un pur artifice de dévotion, symboles, cœurs en cierges, une musique douce ou forte selon les circonstances. Voilà l'absurde, le culte ne consistant qu'à sentir noblement, à exciter en soi artificiellement des sentiments. Mais quand le peuple prend cela simplement, cela devient bon. Mais le Jésuite, le novice qui fait la cérémonie est absurde et laid. Pure idolâtrie du Saint-Sacrement.

La religion est établie, c'est fait. Il y a beaucoup à dire, mais c'est fait. Le peuple le prend ainsi et ne veut pas changer. Qu'y faire ? La philosophie ne peut tout remplacer : la prière pour les morts, par exemple.

*
* *

Visite à M. Héry. Détails curieux de mœurs romaines. Le seul moyen de faire quelque chose en ce pays, c'est d'y être à demeure, de se faire des accointances, ainsi, être le commensal d'un tel par lequel on se glisse. Rien, absolument rien par les voies officielles. Les Anglais et les Russes seuls feraient quelque chose. Être Français est une raison de soupçon. Prêtre aussi. Ce peuple a besoin d'être gouverné. Oui, mais par qui ?

*
* *

Exemple qu'en discussion politique on n'aborde jamais la question de fond. Soit la question romaine. La question est celle-ci : si on est catholique, il faut maintenir le pape absolu. Si non vrai, il faut détruire. Tout dépend de là. Or cette question, il est défendu de la traiter. Il faut se tenir au point de vue sceptique du libéralisme.

*
* *

Décidément, le christianisme représentant l'idéalisme et opérant les plus grandes choses dans l'ordre moral, il est mal de l'attaquer. C'est à critiquer, c'est vrai, mais cela élève et ennoblit ces âmes. Détruisez cela, et il ne reste que le petit intérêt.

*

* *

Le peuple n'a pas de dévotion pour une madone de Raphaël. Partout devant un tableau de grand maître, il append une madone populaire, vieille, noire, byzantine. Il la baise. Ma façon de prendre curieusement et en observateur ces instincts religieux du peuple.

*

* *

Ce qui manque le plus à l'Italie, c'est le sérieux. Prenez Pétrarque, homme divin, la plus grande gloire de l'Italie, qui représente si éminemment l'esprit moderne (idéalisme, religion épurée, libéralisme, humanité, science, critique). Eh bien ! prenez les *Rime*. Ce n'est pas sérieux. C'est divin, céleste, mais pas sérieux, pas profond, c'est le contraire de l'Allemagne (premier sonnet, sa conclusion est simple, tout n'est qu'un songe). — Art italien, opéra bouffon. L'Italien s'épuise en petites gentillesses, finesse, sons effilés, délicats tours de force ; il s'applaudit d'avoir réussi. Pas un opéra sérieux. Rien qui élève au ciel et plonge dans l'infini. Charmant, admirable, roulades, et toujours le rire, le personnage bouffon si admirablement saisi par les acteurs italiens (qui n'excellent qu'en ce personnage).

Voyez défiler une armée italienne ; ce n'est pas sérieux ; ils dansent, ils se dandinent. Savants italiens, pas sérieux, vanité, non la grande vue scientifique, savoir les choses.

*

* *

Manière franche et naïve dont Raphaël concevait le miracle.

Loges de Raphaël, admirable franchise de conception de la légende chrétienne. Admirablement caractéristique de cette légende sur les origines de l'humanité. Voir aussi les peintures de la Bibliothèque du Vatican. (Adam, Abraham, les fils de Loth inventant les lettres.)

Première et seconde manière de Raphaël bien sensible au Musée du Vatican. La première manière super-naturaliste de prendre la légende chrétienne (les deux assomptions de la Vierge). La seconde toute réelle, ce sont des hommes tout humains. La nativité du Pérugin. Rien de réel. Anges, la Vierge, Joseph, l'enfant devant, scène impossible. Vierge avec saints autour, arbres et paysages du Pérugin, Ghirlandajo, Pinturicchio.

Que j'aime cette façon d'historier l'ancien et le nouveau Testament ! Loges, Sixtine. Le meilleur : Campo-Santo, de Gozzoli. Grâce charmante. Les traits les plus naïfs des Loges sont au Campo. Le serpent tentateur.

Annonciation du Campo-Santo. Rayons du Saint-Esprit en haut. Manière naïve de prendre les mystères. Résurrection sculptée. Un ange enlève la pierre sous son bras.

Ma manière de sentir les arts. Non de termes techniques. J'admire des choses que les artistes trouvent mauvaises, des anatomies irrégulières. La première peinture, charmante défigure, mauvaise d'anatomie. Paysage. On n'admire Saint-Pierre qu'à la réflexion.

(De Fourvières). Des femmes priant et chantant dans une église ; les yeux dans leurs livres, portant bonnets et cotillons, odeur de femmes. Des prêtres en blanc président. Dehors, on entend tambours et trompettes ; des chevaux, musique militaire. Voila la vie humaine, hommes et femmes.

Femme enseignant la piété à ses enfants, à saluer, à se mettre à genoux. Ce qui m'arriva à Saint-André. Une petite fille saluant gentiment et naïvement, me vit et eut peur, et courut bien vite.

Goethe dans les *Élégies romaines* a superbement expliqué la beauté de la petite vie absorbée en son objet ; la femme assise sur une ruine et ne voyant que son enfant. Plus touchant encore, c'est la femme assise au pied de la Croix, ne voit rien au delà. Son ciel est là. Malheur, malheur à qui scandalise un de ces petits !

Comment ce type dévot devient facilement féroce. Ce que me disait cet exécrable abbé de la trop grande douceur des Français.

*

* *

L'Italie au XVIe siècle offre un spectacle unique. C'est un mouvement comprimé par la force. L'Italie allait de son propre mouvement au protestantisme, à l'esprit moderne : la force l'en empêcha, elle se laissa faire, elle se laissa prendre dans les rets de la dévotion. On dit que les idées vont leur chemin malgré les obstacles. Oui, chez les peuples forts. Mais chez les peuples faibles, la correction extérieure arrête.

Le peuple fait nécessairement sa religion poétique extérieure, imaginative. Légendes, miracles, etc. Les partisans de la religion épurée trouvent cela ridicule. Mais non, c'est poétique. Distinguer du jésuitique, cœurs pêchés à la ligne, etc. Le peuple n'a jamais inventé cela, n'a jamais adopté cela. Ce sont des attrapes pour le prendre. Le beau et le laid à côté : Naples, l'horreur, le laid, légende délicieuse à côté de cela.

La Madeleine prête plus que la Madone, celle-ci est trop simple. Innocence pure, brille dans toute sa fleur. Madeleine est bien plus complexe. 1° Beauté, 2° Péché, 3° Repentir d'amour. Cela fait un compliqué admirable de belle pécheresse. Beau péché, non de ceux qui dégradent, elle a péché par trop de beauté et d'amour.

Il y a de beaux péchés, comme il y a de doux péchés.

*

*   *

Quelle différence de copier (aussi bien peut-être) la forme de la statue idéale, ou de créer cet idéal du corps humain que l'antiquité a fixé, et que l'on ne fera jamais que suivre !

Je descendais la Longara. Pourquoi aimé-je tant cette rue ? C'est la rue Mouffetard de Rome. Ah ! qu'elle parle au cœur, l'église, le monastère, Regina Coeli, Sainte-Marie-du-Transtévère !

Métius se noyant dans le Vélabre. Vie énormément active de ce petit intérieur. Ce n'est que dans ce vif foyer que pouvait naître la civilisation. Le Forum antique, lieu de civilisation. On y passait les jours, tout s'y faisait. En cette vie commune, tout surgissait, on s'excitait par contact. En royauté, au contraire.

Sonneurs en plein vent s'arrêtent devant chaque Madone, et lui chantent un air.

Ah ! Monsieur le rédacteur, venez avec moi au couvent de Saint-Onuphre ou au cimetière San-Spirito, et vous jetterez au feu votre philosophie comme moi je brûle et condamne tout ce que j'ai écrit non empreint de l'éternelle beauté.

*

* *

Dimanche de Pâques.

Fatigué des insipides cérémonies du Vatican et de la Sixtine, et de cette sotte aristocratie qui me foule aux pieds, tas d'imbéciles qui ne sont pas dignes de me décrotter les souliers, j'allai en quartier populaire (place Montamara, Vélabre) ; je ne puis vous dire quelle joie ! Ce quartier plein de paysans, manteaux, femmes avec des mouchoirs blancs sur la tête. Il arrivait de la campagne des files de paysans, femmes, enfants, avec marmite suspendue au cou par l'anse et des provisions, vraie caravane, l'un, pain, l'autre, fromage, chacun sa part. Joie, air de festivité, doux événement dans l'année, quand ils viennent voir ces églises d'or. Oui, le vrai est dans le peuple, les vrais sentiments sont là.

*

* *

Grand Dieu ! où est l'avenir de l'humanité ? Rien ne se peut sans religion. Les phalanstériens sont absurdes de penser que l'homme égoïste renoncera de gaieté de cœur au tien et au mien. Le christianisme ne serait plus que replâtrage. Nous avons détruit sa base, la foi. La philosophie ne peut rien. Grand Dieu ! faut-il désespérer ? Une forte éducation inculquant puissamment le juste et l'injuste se ferait. Mais l'humanité n'en est plus capable comme au temps de Lycurgue.

Le christianisme s'annonce comme devant établir la paix sur terre, réconcilier l'homme avec l'homme, faire que l'homme en face de son semblable ne se regarde pas et ne le regarde pas comme son ennemi. A-t-il tenu ce programme ? Prenons l'époque de la toute-puissance du christianisme, le Moyen Âge. Qu'y voyons-nous ? Un homme en face d'un homme inconnu le craint, fuit, se demande avec inquiétude : est-il des nôtres ? Nul ne se hasarde hors de son fort ; les brigands, soudards qui dévastent, tuent pour tuer, pillent pour piller. L'homme est pour l'homme un animal malfaisant qu'on redoute. Le fort est toujours féroce ; car il ne craint pas pour lui le mal qu'il fait aux autres. Le faible seul pleure et compatit. Un jour à Rome, je réfléchissais assis sous les murs, près du Vatican ; je reçus plusieurs coups de pierres d'un homme caché. Quel mal lui avais-je fait ? Il était homme et j'étais homme. Et si les temps modernes valent mieux, qui a opéré cette amélioration ? Les ennemis du christianisme, les philosophes, les hommes modernes. Ce sont les impies, athées, incroyants, qui ont été les vrais chrétiens, qui ont réalisé le programme qu'il avait témérairement posé et qu'il n'avait pu tenir. Ce que Jésus n'a pas fait, Voltaire l'a fait.

45

*

* *

À Sainte-Croix de Jérusalem, troisième chapiteau à droite en entrant. Une sainte (Catherine de Sienne, je crois, recevant l'anneau nuptial de Marie), qui me représente divinement Béatrix. Brune, de grands yeux, appuyée avec assez de mollesse sur un prie-Dieu, l'œil baissé à terre, œil profond, il y a dans cet oeil du mépris, du vague, de l'égarement ; ainsi vont les choses. Œil profond des choses. Henriette, plus la passion.

Malheur à qui ne comprend pas le christianisme. Michelet, l'intelligence la plus ouverte à toute beauté, n'y comprend rien, il est fermé à toute une face du beau.

*

* *

Monsieur le rédacteur, [1]

Je ne vous parlerai pas de politique. J'ai bien assez à faire de mettre au net mes propres sensations. Et puis je suis indifférent à vos querelles.

Je ne parlerai que de la Rome moderne, la Rome religieuse par excellence. Oui, dussé-je étonner les libres-penseurs, ce qui me plaît le plus dans Rome, ce n'est pas les Thermes, ce n'est pas les Loges de Raphaël ou le Farnesiana, c'est le spectacle

---

[1] Personnage imaginaire.

encore vivant d'une puissante foi religieuse, bizarre en ses manifestations, mais gracieuse, originale, belle par conséquent.

Cela tient au trait individuel de mon esprit, travers si vous voulez. Je suis religieux, je suis passionné pour la religion. Croyez bien, Monsieur, que je ne veux pas médire de la philosophie. Mais n'est-ce pas un ridicule pédantisme, n'est-ce pas nier la nature humaine, que de méconnaître que la religion est la... Philosophie est un petit développement individuel. La grande chose, la grande ligne, c'est la religion. Le temple est la chose essentielle. (La religion est la part de l'idéal dans la vie humaine). Soit le péripatétisme. Certes, voilà une noble doctrine, elle a ennobli bien des âges. Mais qu'est-ce auprès du christianisme, auprès du bouddhisme ? L'humanité est religieuse. La religion est.

Le plus ancien rêve, est de voir la Mecque. Pèlerins en habits blancs, débordement de l'Arafat, prédication de l'iman, se laver à la Caaba, boire à Zem-Zem et sacrifier à Mina. J'ai vu mieux que cela, j'ai vu Rome, la Rome sainte, et je l'ai vue à la veille du jour ou elle doit disparaître. Car hélas ! la Rome chrétienne ne sera bientôt plus à son tour qu'un souvenir. Elle a usé ses deux destinées, *ce n'est plus qu'une ruine sur une ruine.*

Oui, ma douleur est sincère quand je songe que les jours lui sont comptés, que cette ville va bientôt devenir une ville vulgaire, que ces trois cents églises, que ces monastères n'ont d'autre avenir que de devenir casernes, prisons ou manufactures ; que ces douces cloches, dont le ramage ne cesse ni jour ni nuit, sont à la veille de se fondre en baïoques. Laissez passer l'œuvre de l'humanité, mais il faut permettre les larmes sur ces ruines. Tout ce qui a été a eu sa raison d'être, tout ce qui a régné a eu son droit ; il n'y a que la grossière... qui voit partir, le chapeau sur la tête et le sourire moqueur sur les lèvres, les royautés déchues, et je ne conçois pas qu'une belle âme puisse voir avec indifférence le successeur de Grégoire et d'Innocent, de ceux qui si longtemps représentèrent contre les puissances de la terre la cause du droit et de l'esprit, réduit au vasselage, exploité par le roi des lazzaroni et obligé de voir bouillir le sang de saint Janvier.

*

* *

L'impression qu'on éprouve en sortant de Saint-Pierre est celle de la fatigue. C'est trop grand, trop de détails. La vue de l'ensemble ne s'offre pas dans une belle unité comme le gothique. En sortant d'une église, on devrait être plus léger et plus doux. Trop grand ; d'ailleurs cette grandeur ne frappe que la réflexion. Elle est mathématiquement grande, non esthétiquement. Placez-vous sous l'abside, regardez en haut, elle ne semble pas plus grande qu'une église ordinaire. La réflexion la fait trouver grande. Anges du bénitier, clefs du fond, piliers, ces coupoles des bas-côtés sont des dômes. Cela n'est pas esthétique. Saint-Denys, Saint-Ouen sont bien plus grands.

J'enseignerais dans le Parthénon et dans une église gothique, mais non en une de ces églises romaines.

Rome a fondé l'empire de la conscience, la monarchie absolue des esprits. Rationnellement, c'est une tyrannie. Mais en fait elle a été acceptée.

CAMPAGNE DE ROME

Corneto, ville caractéristique des États romains. Incurie, abandon, misère, délabrement, insouciance. Confréries, bas religieux partout à profusion. Dégradation ; un homme au pied des remparts dévoré d'un ulcère à la figure, il est là assis, ne demande pas l'aumône, résigné à mourir.

À Corneto, l'aspect du pays devient plus sévère, les plantations disparaissent... déserts où l'on fait des lieues sans trouver un homme, une chaumière, une trace de travail humain. Jamais je n'ai compris la poésie de la campagne de Rome comme du haut des remparts de Corneto. Cette campagne ondulée, qui n'est pas la plaine et qui n'est pas la montagne, des troupeaux parquant çà et là sans berger, ce silence du désert produit un sentiment de tristesse et de religieuse terreur. Et quand on approche de la grande ville, qu'on voit de loin le dôme de Saint-Pierre se dresser comme une colline à l'horizon, on comprend que le désert était la seule enceinte digne de Rome, et que tout autre paysage eût été mesquin, auprès de l'immense majesté de cette ruine.

MONT CASSIN

Impressions très vives en montant. Je comprends le monastère, cette civilisation qui se sauve sur les rochers. Vous montez, sauvage, âpre. Ô merveille ! Une grande ville, un phalanstère. Elle a sa population, ses patriciens, son peuple, ses clochers, ses églises, trois ou quatre établissements en un seul. Grosses cloches comme une cathédrale. Pour qui en ce désert ? Pour les nobles de l'esprit qui vivent là. Au Moyen Âge ces cloches, effet divin, en ces déserts, dans ces nuages !... Un jour peut-être nous aussi, quand le béotisme aura vaincu, eh bien ! nous serons moines, s'il le faut, nous protesterons par notre paucité.

Grande cité monastique du Moyen Âge. La cite romaine. Goût admirable de saint Benoît, ce poli patricien qui se sauve sur ces rochers. Divin sens de la nature. Nid en ces collines. Scènes du second Faust, admirables.

Manuscrits, vignettes toutes locales, saint Benoît, Grimoald. Mœurs charmantes, douceur, science, hospitalité. Sérieux que donne la persécution.

Quelle surprise de trouver en ces murailles tout l'esprit moderne ! Le professeur de théologie, homme charmant toute l'école de Rosmini. Ils sont avancés et me disent de l'église romaine : *Movebo candelabrum tuum.* Enthousiasme de Dante. Troja de même. C'est là toute la vie de l'Italien. Humeur contre la scolastique. Prédominance des études historiques et sociales. Toutes les idées modernes. Fureur contre le roi de Naples, petit Néron. Vraie persécution de tous les jours.

Grands corridors, réfectoires vides. Pauvre vie monastique ! C'est fait d'elle.

Importance capitale de ces grandes citadelles de l'esprit. La destruction d'un monastère est un désastre au Moyen Âge.

Noblesse que la persécution a donné à ces moines : sérieux, grandeur, noblesse de l'esprit ; ce sont des saints.

Christianisme moral de l'Imitation Abstraction des dogmes, pur ascétisme naturel. Cela est purement de nous, pourquoi respuer cela ? Ce sont nos frères.

Types admirables de la beauté morale du moine. À essandro de Mandato. En tout monastère, il y a de ces types qui ne se trouvent que là. La vie monastique seule nourrit, engendre des caractères d'une certaine nuance, non le Spiridion, mais le Rosmini, le Manzoni.

Douceur de la vie monastique. Novices de quatre ans. La vie ne se presse pas en ces douces retraites. Légende de Saint-Colomban, un nid en sa main. Je n'ai compris cela qu'ici. Je n'ai compris qu'ici la science monacale, le Raban Maur (avec images représentant tout cela, cela est divin). Collection de tout ce qu'on sait, mot par mot. J'ai eu l'idée de faire cela, en mon enfance.

Mettez-moi en une cabane de Lapon avec deux nobles âmes et je dirai : Il est bon d'être ici, faisons-y notre tente.

Nobles humiliés de la dépression morale qui les entoure. Oh ! que j'ai vu cela d'une façon sublime dans ce jeune homme. Ô pur, ô céleste, au milieu de ces infamies ! Il y a donc encore de nobles vies ! Petit nombre, foule vile.

Oh ! nobles âmes au milieu de cette infamie ! Le Mont Cassin, le plus doux pour moi, car beauté morale. Certes la beauté physique pas insensible. Mais nos conversations avec ces belles âmes, le petit novice, vraies âmes du XIXe siècle. Leur avidité de la France. Rien ne leur arrive. Ils ne vivent que de l'esprit. Vraie force philosophique et poétique. Souvenir de ma veille force ascétique. Cette vie excite, élève. Vraie noblesse, vrai Spiridion ! Ah qui sait ce qui se passe en ces âmes !

SIENNE

Cathédrale. Ravissant petit morceau, fini incomparable, un bijou, une ciselure. Voilà bien la religion toscane, joli, gentil, coquet. Salle de Raphaël et de Pinturicchio, Vie de Pie II, sa première manière. Deux portraits de Raphaël, joli petit garçonnet. Admirables vignettes des livres de chœur. Fini incomparable. Beauté pure des formes avant la Renaissance et l'étude de l'antique. L'Italie les avait redevinées, ou plutôt ce pays, toutes les fois que l'humanité perdra la mesure et le sens de la proportion des formes, ce pays l'y ramènera, tant tout ici est harmonieux ; rien d'extrême pas de ces... profondes de l'art du Nord. Les formes humaines ne furent jamais altérées en Italie. Les deux manières de Raphaël, la première est encore Moyen Âge. La nature, les villes, le paysage, les costumes (exemple cette Vie de Pie II ! son naufrage en Libye). La seconde tout idéale. La vie circule, et anime ce glacé, ce compassé, ce convenu de la manière du Pérugin. Et pourtant, pour représenter les mystères chrétiens, cette manière a une grâce inimitable.

C'est une ville toute physionomique, que Sienne, toute d'art. Palais d'un superbe caractère. La Piazza del Campo, le palais. L'église San-Domenico, beau caractère : de grands murs blancs, bruts, charpente en haut, sur laquelle on a collé des ornements magnifiques. Nul ornement dans les murs. Chapelle de Sainte-Catherine. Étonnante de type féminin chrétien. Vierge, religieuses, le Christ, extases, tombe en épuisement, stigmates, bandeau. Des religieuses jeunes, grosses, pâles et rouges à la fois, grands yeux, toutes de même type, d'un effet très sensible. Comment n'ont-ils pas vu le seul effet que cela peut produire ?

Types de madones dans les couvents, délicieux de mollesse. Elle est partout ; ah ! cela se comprend. C'est ce petit œil de femme qui agit. Mollesse de l'ascétisme. Charme que j'y trouve. Je sais d'où il vient. La vierge, la femme a l'œil perçant et doux. Son rôle dans les temps modernes. Douceur assoupissante de cette femme dans ses voiles, la face demi-voilée, le sein rappelé par le soin avec lequel il est couvert, l'œil baissé, mais touchant. L'Italie moderne présente le spectacle étrange de belles et nobles âmes en assez grand nombre, concevant très noblement un idéal patriotique italien (*Roma mia sarà encor bella*), mais incapacité de réaliser. Elle passa son temps à chanter son idéal (Pétrarque), mais elle est impuissante à agir.

Combien le peuple florentin passe facilement du rire aux larmes et réciproquement mêle les deux. Stenterello est caractéristique de cela, Stenterello survient toujours à l'endroit larmoyant, Savonarole et Benedetto de Forana (le dominicain qui joua un rôle au siège de 1529) faisaient tour à tour rire et pleurer. Voir le récit comique et tragique de la peste de Florence par Machiavel. Étonnante gaillardise de ce petit peuple. Manière de prendre l'enfer en riant.

Fonds d'incrédulité et d'irréligion du peuple toscan. L'art toscan n'est pas religieux, ils font des églises comme une œuvre d'art. Pise, le Campo-Santo. Croient peu, peu de foi, thème de jolies choses (le Noé de Gozzoli).

Fréquentes luttes de Florence contre les papes.

Stenterello de la Piazza Vecchina. Meilleur que celui d'Ogni Santi. Rien ne vaut un petit théâtre de Florence. Folle gaieté du peuple. Tous y vont, enfants, etc. Incroyable entente de l'acteur et du spectateur, sympathie étonnante. Gaieté, on ne peut la concevoir qu'en ce pays.

*
* *

San Marco à Florence. Reliques, le cilice de Savonarole, sa chemise du dernier jour, morceau du poteau. Peinture d'Angelico en espèce de grenier, chambre sombre, occupée par les Autrichiens. Chambre de Savonarole. Vive impression. Génie artistique de ce peuple. Peinture pour la peinture, Angelico peignant en vrai galetas, grenier sous la charpente, endroits éclairés par lucarnes. Cloître, belle légende de peinture. Tout est art en ces couvents. Fête des Florentins pour la Vierge de Cimabue.

*

* *

Santa-Maria Novella. Michel-Ange l'appelait *sua sposa*.

Goût des arts en Italie. Qu'importe la saleté ? En ville, pas notre petit genre d'agrément. Ils ne cherchent pas le plaisir en art, mais le beau. L'art partout, chefs-d'œuvre en villages et maisons particulières, inconnus, oubliés. Ils sont là pour la contemplation paisible du maître.

Je n'ai compris saint Thomas qu'à Santa-Maria Novella. Extrême préoccupation de lui. Lui partout. Son système encyclopédique à la chapelle des Espagnols, comme à la saint Thomas (v. Dante, Paradiso). Tous les grands hommes de Florence : Giotto, Cimabue, Gaddi, même Dante, Boccace. À la Fiammetta, Pétrarque et Laure (les Dominicani, chiens poursuivant et déchirant les hérétiques). Admirable, c'est ce que j'ai vu de plus beau à Florence. Les poètes ont introduit leur maîtresse en église.

*

* *

L'Italien naturellement limite son horizon, et fait étroit le champ de la vie, pour l'y concentrer plus vive.

La cité toscane au Moyen Âge, combien chère ! Dante à Sienne et à Lucques se trouve exilé, comme un Normand de Caen le serait à Rouen. « Le soleil et les étoiles se voient de toute la terre », dit-il, comme dirait un Français en Amérique. Être à Florence, au milieu de ses *popolani*, aller à la Piazza, voir la ...? de Giotto et *mio bello* San Giovanni, voilà la patrie du Florentin. Ces murs, ces habitudes, ces connaissances municipales, vivre sur ce petit théâtre, voilà ce qui attachait si fort.

La civilisation n'a pu naître qu'en république. Grèce, Rome, la vieille civilisation italiote, etc. La Renaissance au Moyen Âge en républiques italiennes ou plutôt besoin d'activité et de développement libéral a fait constituer en républiques les peuples chez lesquels il y a germe de civilisation. Mais ensuite le besoin de se réunir. La petite cité insuffisante. Que Forum comices, curies, petits édifices, devaient sembler petits du temps d'Auguste !

Quand on examine avec soin le Capitole, Palatin, emplacement du forum, on voit que ce n'était pas plus grand qu'une place de village avec petits édifices municipaux. Lieu de réunion pour affaires, entre Sabins et Romains.

Un village qui se gouverne, voilà la cité antique.

PISE

Une ville des morts, correspondant à la ville des vivants. Tout un État allant reposer là. Tout Pisan pouvait se dire : « Voilà la belle demeure ou j'irai reposer ». Ô art ! ô Italie, ivresse de plastique !

Gozzoli porté par le peuple pour achever l'ivresse de Noé (v. explication du Campo-Santo). Toute la légende du Campo-Santo est caractéristique du goût artistique des Italiens. Le peuple peignait vraiment par le peintre.

Dans les Maremmes, nous passons près d'une bergerie. Un petit enfant crie, un agneau lui répond en bêlant. L'enfant disait maman. De toutes les langues. Un Anglais flegmatique dans la voiture sourit. « J'ai un petit enfant », dit-il en se tournant vers nous. « Et moi »... dit mon compagnon. Révélation de la nature : de tous les pays, elle établit une sympathie universelle. Un enfant, une chèvre, lien sympathique de l'humanité.

*

* *

Des la sortie de Toscane, physionomie romaine. Petite ville avant Corneto. Vieilles murailles, immondices au pied, mêmes maisons tristes, délaissées. Fontaine avec un peu d'architecture, inscriptions pontificales.

*

* *

Civita-Vecchia. — Visite aux bains de Trajan. Belles ruines servant de granges. On a étendu des toits de paille sur les salles de bains, et cela fait des granges. Nous trouvons un paysan blessé ; incroyable insouciance ! Nous entrons dans la ferme. N'ont d'autre idée que de demander des cigares, etc. Nous ramenons le blessé.

Et pourtant ce pays joyeux, c'est la nature, les femmes chantent et provoquent les hommes.

NAPLES

Naples est le pays où la vie moins tourmentée, où il y a le moins de suicides. Le suicide est inconnu à l'antiquité avant l'époque philosophique.

Naples type ; le peuple y vit heureux. Mais pas un instinct supérieur, sa religion même n'est qu'inférieure. Voilà l'idéal pour quelques-uns, pour lesquels le peuple n'est fait que pour vivre, mais pour nous, c'est la dégradation, l'infâme. Peuple heureux n'est pas le but, peuple parfait, intelligent.

Cette Rome, dans le lointain, maintenant m'apparaît divine, sévère, grande. Si deux lieux au monde différents, c'est Rome et Naples. Naples, c'est la Grèce. Rome, c'est Rome. Romulus, les Quirites, les empereurs, les chrétiens primitifs, les catacombes, les premières basiliques, Grégoire VII, Innocent III. Un martyr à Naples ! Saint Janvier, je crois. Qu'en ont-ils fait ? Ils s'amusent chaque année avec son sang.

Rome, Florence, c'est là la belle Italie. Italie du Midi, Naples, sensation seule. Il n'y a plus d'art. La proportion est détruite. Cela devient horrible. Ces églises sont affreuses, niaises. Ce n'est plus l'art. La religion en ce pays est misérable, c'est le pays du plaisir, pourtant aussi pays religieux, car de l'amour à la dévotion, l'un et l'autre est faiblesse. Mais quelle religion, affreuse, horrible, laide. Toutes les Madones de Naples hideuses, celles de Rome belles, font rêver et aimer. L'Italie du nord, pays de la pensée, Italie du milieu, pays de l'art, Italie du sud, pays du plaisir. En ce pays, on n'a jamais fait que jouir. Jamais on n'y a fait ni pensé de grandes choses.

*

* *

Prison de Néron à Misène. Horrible souterrain sous le ciel, grand Dieu ! Oh ! quand on disait adieu à ce ciel, à cette mer, pour entrer là ! Combien cette baie fut travaillée par les Romains ! Tous les bords de Baïa tourmentés, bouleversés.

*

* *

Le saint à Naples n'est plus statue, il est saint. Il ne s'agit plus de le faire beau, mais réel, en argent, en or, habillé, détaché, expose en saillie. On les porte en procession, comme des hommes à la file. Il y a une nuit ou les saints de Saint-Janvier vont passer la nuit à Sainte-Claire. Mais si Saint-Janvier ne fait pas assez tôt son miracle, on lui met la corde au cou, on lui dit : Imbécile ! Galeux ! une fois on le traîna à la mer. Ce saint de Gesù novo (qui a dix ou douze couronnes superposées, un cœur avec des ailes, cinq ou six colliers, un livre à la main, etc. Tout cela en métal superposé. Chacun a voulu renchérir, et donner au saint sur ce tableau, car ce tableau, c'est le saint. Et tout cela par intérêt, pour un miracle.

*
* *

Nature ! qu'est-ce que tout cela sans l'homme. Qu'est-ce que la nature sans les sentiments moraux, dont elle est le symbole et le miroir ?

*
* *

Musée de Naples.

Apollonius de Tyane, buste, cou court, cheveux sur le cou comme un abbé, vrai théurge.

*
* *

Peinture de Pompéi. Figures ailées, vrais anges. Prêtres qu'on prendrait pour des évêques.

Vestale en ses voiles, menton entouré, souriante, plus gracieuse qu'une religieuse. Pudeur chrétienne.

POMPÉI

Le temple d'Isis me fait bien comprendre le temple antique. Ce n'est qu'un autel, un sanctuaire avec dépendances. Tout en plein vent. Quatre personnes n'y tiendraient pas. Un particulier bâtissait cela, et c'était fait. Isis était là.

Vie antique, petite, étroite. Manières jolies, gentillesse, goût charmant, mais très limité. Peintures charmantes ; paysages très caractéristiques. Simplicité extrême, nulle idée du pittoresque.

Une ferme, des arbres, de l'eau, sans aucun intérêt ni arrière-pensée. Jamais je n'avais mieux compris le classique.

Abandon, gaieté de cette vie antique. Laisser-aller sur toutes choses. Nature, partout images de gaieté, de génération, plaisir. Chambres à coucher pleines d'emblèmes vénériens. Chambres de femmes (exèdres) de même. Cela leur semblait aussi simple que manger, boire. L'étrange christianisme vient prêcher l'abnégation.

Je me figurais (à Pompéi), saint Paul (il est venu à Pouzzoles) venant prêcher là au milieu de ces jolies petites maisons Jésus crucifié.

Le lac Averne m'a fait comprendre les idées des anciens sur l'autre vie et les lieux souterrains. Idées limitées des anciens. L'enfer est là ; non en un lieu reculé, là où on peut supposer tout ce qu'on veut, mais là. Caractère de l'antiquité, se contenter de peu et à peu de frais. La mesure de la grandeur était moindre, le mètre intérieur moindre. (Pompéi petit, semble une ville en miniature ; les *puteales*, petites chambres à hauteur d'homme, tout était petit, petits temples). Aspect volcanique, chaleur souterraine, solfatares, courants d'eaux souterrains, étuves, antres, de là un de ces enfers locaux si communs dans l'antiquité.

Adrien fit élever un temple à Antinoüs.

Culte de la beauté.

Au Vatican, les sept sages, avec leurs maximes gravées sur piédestal. Méléagre, Hercule élevant enfant, divine entente de la vie chez les anciens.

Temple de Minerve au cap Sunium, Platon au pied.

Le soleil m'est apparu aujourd'hui le père de la Civilisation. Ces beaux lieux, ces rivages éclairés. C'est là que l'humanité a germé. Ailleurs, restée en semence.

M. Troja vient. Je suis frappé du rôle de ce petit nombre (Troja, Renzi, Tosti), au milieu d'un peuple barbare. Vraie intelligence.

Beauté de toute chose en son milieu, milieu de l'esprit humain.

Le paganisme est en un sens supérieur au christianisme, mais non en tant que religion organisée. Sa beauté et sa faiblesse étaient là. Mais du moment où il se trouvait en face d'une religion organisée, il devait périr. C'est ce qui arriva. Il eut alors la sotte idée de s'organiser (Julien). C'était ridicule. Une chose n'est que ce qu'elle est. Le paganisme ne pouvait que se rendre ridicule en cherchant à singer le christianisme et ne pouvait qu'être vaincu par lui. Chercher à se donner les qualités de son adversaire par lesquelles il prime, et qu'on n'a pas pour le combattre. Pauvreté. Son temps était fini.

*

* *

On dit l'art ancien matériel. Ceux qui disent cela sont des gens superficiels, ne connaissent pas l'antiquité, hors du monde, qui se laissent prendre à une vaporeuse idéalité. Jamais un savant n'a dit cela !

Rome a beaucoup contribué à cela, à cette béatification de l'humanité, elle marque le premier pas. Sa statue est ramassée, pas svelte, grave. L'hellénisme cependant vivait de lui-même en Grèce. Chose prodigieuse que cette vie ! Les petits esprits ne comprennent pas que dans ce système de beauté et de logique, il y avait une religion aussi parfaite que le christianisme.

Volupté sévère des anciens, sévérité voluptueuse du christianisme.

L'art et la poésie anciennes (sic) ne prenaient jamais que l'homme sain et normal. Castor, Pollux. Ils ne comprirent pas la poésie du malade, du triste.

La Grèce est une révélation aussi belle que le christianisme. La révélation de la beauté mythologique grecque restera toujours la poésie. Faux essais de petits esprits pour s'en passer et y substituer le merveilleux chrétien.

Les anciens sont l'incomparable. Mais la littérature prétendue imitée des anciens (le XVIIIe siècle) c'est l'antipode. Une église gothique ressemble plus au Panthéon qu'une église de Borromini, édifiée en ce qu'on appelle style grec. Une ballade germanique, un drame romantique de l'Allemagne ressemble plus à Anacréon et Sophocle que Crébillon.

C'est surtout a Rome que la supériorité du paganisme sur le christianisme frappe, quand on voit le rabougri, le béotien s'installer sur le beau.

Distinction entre l'esprit et la matière. Christianisme y est tout entier. Il y avait là une révolution pour l'art.

Le christianisme pris comme un navire en mer du Nord. Il voguait en mer libre ; tout à coup, un matin, il est entouré de glaces, il n'a plus de mouvement à lui. Il n'a plus qu'à dériver avec elles.

Une ruine de maison particulière antique me touche plus qu'un palais. Ce foyer domestique, on a pleuré en ce lieu-là. Là, la vie humaine s'est écoulée.

Paestum, ville dorienne. Sentiment très vif de la sévérité du goût antique. Des choses qui n'ont plus de prix en avaient alors. Une petite sculpture sur un architrave, prix infini, car c'était spontané ; maintenant ce serait imitation et règle. Une ville dorienne, sentiment très vif du culte antique, au temple de Neptune. Idée de construire le temple pour le temple, non pour se rassembler.

Quoi ! déjà au bout de la civilisation ! Sensation pénible que j'éprouve de me trouver si vite au bout, comme un homme qui se heurte contre un mur qu'il croyait loin. Je n'ai voyagé qu'un peu, et me voilà déjà au bout. Salerne peut être considéré comme la limite. Déjà gens nus, à peaux de mouton ; le *vêtement* disparaît, la *couverture* commence. Horrible dégradation en ces campagnes. Rien qui ressemble à notre Bretagne. Oppression morale que cela cause. Rien de moral, rien, rien. Je suis effrayé de la faiblesse de la civilisation, de son peu d'assiette. Quoi, déjà ! Périra-t-elle, survivra-t-elle ? Et puis Paestum, cette succession de civilisation, barbarie sur la civilisation. Et combien nos modernes sont moins spontanés que les anciens !

Une petite ville ancienne avait des temples, des édifices, comme n'en ont pas nos grandes villes. Pompéi, Paestum. Goût de l'art. Doute sur l'avenir de la civilisation.

NORVÈGE
(1870)

NORVÈGE
(1870)

2 juillet. — Il est honteux que l'homme quitte sa planète sans en avoir connu le plus possible. J'accueillis donc la pensée de ce voyage, quand Son Altesse me la proposa, comme un devoir. Et puis, depuis mon enfance, j'ai rêvé des mers polaires. Saint-Brandan a toujours été mon vrai maître. Sa chapelle se voit en Bretagne dans les roches inaccessibles. Cet abbé gyrovague a été toujours mon saint de prédilection. Et puis, ces terres du Nord ont été l'apanage de la race celtique. Dépossédée par les ..., elle y garde ses droits.

Son Altesse va voir le Pérugin du musée de Caen et les églises. Elle regrette de ne pas s'arrêter à Bayeux. En approchant de la mer, l'aspect noir et triste de la Bretagne se révèle. Nous arrivons à 10 heures du soir à Cherbourg.

*

* *

3 juillet. — Le matin nous visitons la digue. La mer a cet aspect plombé, gris-noir, des mers de Bretagne. La côte est triste et sombre, la végétation noire.

Départ à 4 heures. Mer très calme. Ciel gris, mer blafarde. Vers 6 heures, nous perdons de vue les côtes de France ; peu après, on aperçoit celles d'Angleterre.

4 juillet, lundi. — Dans la nuit, grande brume, on stoppe. Extrême embarras du commandant. Il perd la terre, se perd au large dans la mer du Nord, ne sait où il est. Le matin, il pleut. Il y a de la houle. Nous rencontrons un bateau de pilotes, et en prenons un. Beauté des deux hommes qui se détachent en bateau pour nous joindre. Deux superbes types de Normands, du temps de Rollon ; ils me font bien comprendre le marin scandinave. Enfant à bord, quel loup de mer ce sera ! Il y a huit jours qu'ils ont quitté la terre et roulent dans la mer du Nord. Nous allons à Yarmouth, rapatrier le pilote et en prendre un pour Peterhead. Beauté de la plage de Yarmouth, beau développement solide, mais sans art, tristes cloches. Bain en la plage. Peu de port proprement dit. Sorte de rade ouverte sur un banc de sable. Mer jaune à cause du fond. Nombre énorme de navires de tous côtés, à pleines voiles, portant du charbon en Méditerranée, etc. Mer très peuplée ; quelle différence avec Cherbourg !

Belle côte ensuite, temps très calme, mer triste, ciel gris, un peu de soleil couchant. À 10 heures, il fait encore un peu jour. Nous sommes vers 54° et quelque chose.

*

* *

5 juillet, mardi. — Nuit calme. Le matin air pur, vent frais, mer légèrement moutonnante. Vers 8 h. 1/2, devant le golfe du Tay, assez mauvaise mer, malade ; je ne déjeune pas. Passe vers 10 heures. Côte d'Écosse. Deux sommets de 700 mètres à l'horizon. Aberdeen, masque par un nuage de fumée. Côte verte, très verte, haute, belle teinte de bruyères, d'arbres. Marche de 28 kilomètres à l'heure, Peterhead ressemble à Saint-Malo, pas d'arbres. Long séjour en baie, mélancolique, vert, ton rouge et granit de la ville. Ici un ordre : Nous allons au Spitzberg. All right !

Chemin de fer. Conduite cérémonieuse du prince, pas un mot, silence, calme. Chemin de fer lui-même silencieux. Curiosité des yeux sans un mot. *Splendid day.* Il pleut. Le consul de France. Pays verts, belles eaux, arbres bas, charmantes rives. À l'horizon, des montagnes ; tout est comme au mois d'avril. Blé à peine poussé, pas de froment, sommets arides à l'horizon. Petits bois de pins verts.

Proche d'Aberdeen, ordre, propreté. Coucher de soleil blafard, sorte de ouate blanche, grise. Pas de couleur, grisaille.

Douglas hôtel. Confortable, admirable. Promenade ce soir, plein jour à 10 heures. Souper. Visite du clerk de la ville et du consul. Ville de granit.

*
*　*

6 juillet, mardi.

Martin, qui devait venir me chercher pour aller voir Tain, me manque. Déjeuner. Nouvelles de Chine, massacre des sœurs de charité. On croit à la définition d'infaillibilité. Conversation théologique et canonique.

Visite du maire, etc. Visite cérémonieuse. Travail du granit. Université.

Route adorable, passages des montagnes, petite nature, si verte. Elgin, Nairn, Culloden. Conversation toute philosophique et théologique et politique supérieure. Visconti. Son ardeur théologique.

Inverness. — Lord-maire en plaid. Promenade avec le prince au bord de la rivière. Instinct profond du prince. Parc-paradis, tout cela doit être habité par des Grandisson.

Conversation le soir. Histoire de Camerata et de Martha qui se suicide.

Profondeur de la nature du prince. Îles Chausey, ses rêves, besoin d'inconnu, toujours dévorer.

Poésie, romantisme, son goût pour la Bretagne et... Ses rêves, confidences singulières. Son idéal : propriétaire de Chausey, individualiste, seul, sans voir ni voisins, ni amis.

Promenade à 10 h. 1/2. Les deux maisons, clair encore.

Le prince nous a amenés à Inverness pour chercher ses souvenirs sur le bord de la rivière. Une nuit rare, obscurité, soleil d'éclipse.

7 juillet, jeudi.

Départ à 6 h. 1/2. Lever à 5 heures. Banff, très triste, analogue à Bréhat. Voyage en char-à-bancs. Reprise du chemin de fer.

Peterhead. Accueil de fête. Départ à 5 h. 1/2, beau temps.

*

* *

8 juillet, vendredi. — Belle nuit, quoiqu'un peu de houle. Le matin, beau, mais triste. Vers 7 h. 1/2, superbe.

Se soutient.

Vers 11 heures, l'île Utrida et la terre. Montagnes. On prend un pilote. Vers midi, entrée en fiord ou plutôt entre les îles. Spectacle unique. D'abord un peu sec et froid. Puis peu à peu délicieux. Lac, mer de lait. Petites vallées vertes, avec fermes. Chacun a son fiord et son rocher. Fond de montagnes couvertes de neiges. Grands glaciers. Temps magnifique. Aspect de Grèce, sauf couleur du soleil.

Bergen. — Charmante rade, montagne à pic, analogue à... Maisons dans le port, leur profondeur énorme. Promenade avec le jeune remplaçant du consul (jeune homme très bien). Muséum précieux, promenade au fond du port, villas, arbres et prairies de fraîcheur admirable. Maisons de bois, du goût ; comparaison avec Écosse. Plus original. Il ne fait jamais froid, mais il pleut toujours. Eau partout, humide, cascade, l'eau tombe de tous côtés des montagnes. Conversation intelligente du jeune homme. Il explique très bien l'état social des Lapons, et état de la Norvège ; émigration, on ne gagne pas assez pour une famille.

Nul monument, pauvre église. Le Muséum est ce qu'il y a de mieux.

Le soir, à 11 heures, la baie au crépuscule. Jour étrange, calme. Tout se mire dans l'eau. Grande humidité tiède.

Nouvelles de Paris. Déclaration de Grammont sur l'affaire du prince Hohenzollern. Le prince en est préoccupé. Possibilité de retour.

*

* *

9 juillet, samedi.

Réveil. Brume et petite pluie. Montagne de Bergen. Couverte de nuages. Déjeuner avec le jeune vice-consul. J'écris à Cornélie.

Départ. Brume, ciel et jour ternes. Journée énormément monotone. Nous voyageons hors des passes. Timidité et inexpérience du commandant. Heureusement, c'est calme ; je lis toute la journée. Geffroy avec le prince. Discussion sur les savants. Le prince croit qu'on arrive à la vérité comme un boulet de canon, tandis qu'on y arrive comme un pendule.

Il ne fait plus nuit.

*

* *

10 juillet, dimanche. — Calme absolu. Rentrée dans les îles vers 6 heures. Vers 10 heures, temps admirable. L'archipel au mois de décembre. Vallées latérales au nord de Drontheim, paysage de la Joconde. Admirable journée, vrai prodige. Analogue aux îles des Princes, à la mer de Marmara. Le consul me parle traductions, de la Vie de Jésus, des sœurs, etc. Ville, jolis types germaniques, femmes facilement jolies. Hommes solides et lourds.

Visite aux cascades de Leerfon (de la Nid), verdure sans égale, fleuve item.

Cathédrale. Analogue de la partie romane de la tour d'Hastings [1]. Cimetière. Le prince enchanté. Calme, silence des gens sur l'estacade.

---

[1] Partie la plus ancienne de la cathédrale de Tréguier.

Après dîner, fourrures et promenade dans les rues. Population très bienveillante. Soirée incroyable de tons chauds, méridionaux ; jusqu'à minuit, plein jour, rouge admirable. Étonnant, journée unique.

Bons types de chez nous. Combien cette race a essaimé ! Types de femmes que nous trouvons chez nous, mais non éveillés. Fonds de bonne race (intelligence et beauté) dormant encore.

*

* *

11 juillet, lundi.

Vers 8 heures. Chez le libraire, et petits bijoux. Descente.

Course à Stoeren. Chemin de fer, vallée de la Nid et de la Gwel. Charmante nature, terrains bosselés par anciens glaciers et l'action des eaux. Cataracte de la Gwel le long du chemin de fer. Stoeren. Déjeuner avec le consul et le directeur du chemin de fer. Le prince pêche au saumon. Pendant ce temps, j'écris à Cornélie, à la princesse Julie, à M. Berthelot.

Le révérend Addam, de Londres, établi sur la Gwel, pour pêcher le saumon deux mois de l'année ; le saumon n'est pas pour lui. Type d'honnêteté bornée du révérend. Retour très beau.

Au Musée, la société archéologique. Le recteur, l'évêque, vieille maison du XIIIe siècle, tapisseries, antiquités romaines, trouvées à Drontheim.

Embarquement. Je règle ma correspondance, dépêche, comptes pour achats, collation. Départ vers 10 heures. Calme, chaud (environ 19 degrés). Il ne fait plus nuit. Capitaine de Saint-Brieuc, ses saluts, sa contenance.

Vue de soldats norvégiens à une station, pitoyables, sales, mal tenus, stupides. Armes en état pitoyable (analogues aux Turcs), impossibilité pour la démocratie paysanne d'avoir une armée.

Conversation avec le consul, sur la démocratie paysanne, ils veulent tout supprimer, anéantissement de l'État. Consul de Drontheim très intelligent. Conversation sur la religion d'État en Norvège.

*

* *

12 juillet, mardi.

Vers minuit, comme je me couchais, une secousse violente. Le navire a touché, à la pointe Agdova, nord de Drontheim, par la faute du pilote. Inquiétude ; pas d'eau. On délibère. Le commandant veut retourner à Drontheim pour faire visiter le navire. Le prince ne veut pas. On mouille en baie Salvet. On visite au scaphandre ! Rivoal.

On rapporte un morceau plissé. Je me couche. On part, nouvel accident. La drisse du gouvernail casse, à une centaine de mètres d'une île, avec une vitesse de 14 nœuds et pendant qu'on tournait. Émotion. En même temps, symptômes de tempête au large, vent vif dans le froid.

On retourne la machine ; admirable manœuvre, machine excellente.

Au matin, bonne navigation de fiord, plus lentement. Pluie. Fiords plus étroits que le navire n'est long. Calme absolu de la mer. Premières îles d'oiseaux. Pauvres cabanes de marchands (il n'y a jamais de marchands chez les Esquimaux et les Lapons).

Petite pluie, jamais de grosse pluie. Il pleuvotte, voilà l'habitude.

Hograano, assez de vie encore.

Lekoï, aspect terrible, sommet couvert de nuages, église isolée. Un dauphin.

On mouille à Targ-fiord, car on ne peut passer plus loin qu'à marée haute, vis-à-vis du village d'Ormoë dans l'île. Superbe paysages ombre de la côte. Vert dans le brun sombre. Nous allons à terre au village. Les hommes absents..... propres, chauds, vieilles femmes, jeunes filles, charmantes. Supposez deux générations en un climat meilleur, femme accomplie de nos pays. Autre femme avec enfant. Leur terreur s'adoucit vite.

Vieil homme à qui on donne... la femme malade, triste, sent sa fin.

Confortable relatif, bons fauteuils propres, bien rangés, chauffés au poële. Gravures, Vierge à la chaise, descentes de croix, Cène deux fois, mauvaise image à la main d'une chasse de morse au Spitzberg, par le père. Femme malade. Napoléon sur l'horloge. Napoléon ici partout.

Vie de l'Arya, sérieux, triste, méditatif. Bibliothèque : Bible, psautier et offices, livre de la doctrine chrétienne de Arndt, sermons de Luther. Monotonie inouïe de cette existence. Petite fille bien élevée, écrit très bien. Amalia Nicolaï Hendricksen. Bonne race égarée en ce climat. Petit jardin, un sorbier, des oiseleurs, un groseiller. Champs patates et orge.

Nous sommes à 6 ou 7 lieues du cercle polaire. Mysticisme protestant de ces gens, tableau mortellement triste.

*

* *

13 juillet, mercredi.

Lever 7 heures, 7 h. 1/2, petit déjeuner.

8 heures. Départ avec le prince et Martin sur le mouche. Nous nous trompons d'abord vers le sud, puis vers le Nord. Kival-bë, belle maison blanche, jardin. Tout l'établissement d'une famille riche. Beau salon, femme bien élevée, parlant

allemand. Toujours le même type, charme des yeux et de l'expression. Les hommes sont à Markets head. Prenons Andreas pour y aller. Passons près de belle église en pierres de Brönred. Tout l'archipel couvert de barques qui reviennent de la foire.

Markets head, hâvre plein de petits navires. Baie, baraques pleines d'objets. Sol brun mêlé d'herbe battue, nul sentier ou rue. Personne ne reste la pendant l'hiver. Homme qui parle allemand. Grain au retour. Bateau chavire devant nous.

Départ vers midi. Passage du fiord de 30 kilomètres. Après-midi, temps clair et de plus en plus beau. Admirables montagnes côtières, flaques de neige, torrents tombant presque à pic dans la mer.

Variété extrême de temps à une même heure. Quatre ou cinq temps à l'horizon. Ici vent clair, mer bleue, ailleurs montagne brune, sombre, sommets couronnés de nuages. Villages au pied.

Grosses montagnes. Gros mornes.

Dents de scies, bizarrerie.

Puis de plus beaux spectacles. Arcs-en-ciel étranges. À la fois on voit cinq ou six temps à l'horizon. Changements toutes les heures.

Pics, gros mornes, pans de mer isolés noyés en nuages, verts et violet sombres. Village dans la plaine inclinée, verte au pied.

*

* *

14 juillet, jeudi.

Vers minuit, on sort du Vestfiord.

Très grosse mer, je ne suis pas malade, étant couché. Vers 7 h. 1/2, je sors. On est dans les îles Loffoden. Vert, vif et frais. Tous les sommets couverts de plaques de neige, qui descendent très bas. Endroits riants encore. Endroit ou on apporte la dépêche au prince très joli. Moment d'attente ; on croit qu'on va revenir. Tout de suite, ordre de pousser de l'avant. Le prince croit que l'affaire du prince [1] ne sera rien.

Très joli archipel. Bords verts de bouleaux, finesse de cette végétation. South-Kwalo déchaussé, exhaussé d'une dizaine de mètres. Fonds de mer en pente cultivée. Vert d'orge, tout le pourtour de l'île couvert de maisons. Troupe d'eyders avec leurs petits.

Arrivée à Tromsoë, 3 h. 1/2. 8 degrés thermomètre. Nouvelles : guerre un moment immmente, puis écartée.

Affreux rêve. Je rêve que de retour à Sèvres, je ne vais pas à la maison, un cauchemar m'empêche d'y aller.

____

[1]   Le prince Léopold de Hohenzollern.

Combien cette vie développe la sensibilité ! Les Lapons, quand on leur donne du savon, ils le mangent. Cependant ils commencent à mettre leur argent à la banque de Norvège, au lieu de le cacher sous une pierre.

Promenade : villas, jardins fleuris (oreilles d'ours, marguerites, pensées, haricots au milieu). Comme plantes rares, potagers, petite herbe, groseillers sans fruit (certains aussi en ont).

Petits bois de bouleaux, hauts comme des .... aux pieds herbeux, d'une verdeur étonnante, mêlés de fleurs jaunes et géraniums bleus. Jolies maisons. Hors de l'île, lacs, petit bois de bouleaux, tourbières, végétation de tourbières, origine de vertes, grosses mousses. Horizon de sommets neigeux. Vrai type d'une île des morts, prairies de bouleaux, lac et plantes de tourbières. Vif sentiment en un des jardins. Si je pouvais un moment la tenir ici à côté de moi[1], pleurer un moment avec elle, lui montrer cette pauvre petite nature froide, qu'elle aurait aimée ! Profonde impression de mélancolie que cela me laisse. Légitimité du besoin des idées ordinaires sur la survivance de ceux qu'on a aimés. L'ai-je trahie ? Ai-je eu tort ? Ici le vrai Heligoland.

---

[1] Allusion à Henriette, sa sœur.

Ville de Tromsoë, odeur d'huile de morue éternelle. Fabriques d'huile. Belle race plus saine et plus forte qu'ailleurs. En tout 4,800 habitants. Horribles routes, cahots.

Les deux missionnaires. L'un s'attache au prince. Sottise du commandant qui veut le prendre pour interprète. Le prince déjoue. Premier Lapon en ville. Poche. Le Lapon, versant la soupe dans sa poche (le missionnaire).

*

* *

15 juillet, vendredi. — Départ à 8 heures pour le campement des Lapons. À cheval, route affreuse, fond de la vallée vis-à-vis de Tromsoë. Non aussi abaissés qu'on dit, laids, cependant moins laids que d'autres. Une femme assez jolie, expression fine et douce, en général, jolies. Bouches pleines d'expression. Vieilles femmes, bonnes expressions de vieilles Bretonnes.

Analogues aux Bas-Bretons. La saleté a été exagérée. Les enfants assez jolis. Petit enfant en sa gaine, ficelé en sac de cuir. Attila et Gengis-Khan ont été ainsi. Ce sont Mongols. Tous les marins attestent leur ressemblance avec le nord de la Chine. Même conversation dans les cases, inflexions et notes très jolies, causent avec vivacité, naturel et abandon ; le ton ressemble à Bas-Bretons. Type ressemblance frappante avec Bas-Bretons. Qu'il y a eu croisement de cette race en Armorique ou en Bretagne. Ils ne sont pas du tout stupides. Les femmes refusent de l'eau-de-vie, refusent de laisser palper leurs seins par les médecins, et cela avec un bon et fin rire ; les autres étonnés.

Une bonne figure de vieille femme. Assez bien élevés moralement, physiquement, c'est lamentable. Les hommes mangent des morceaux de rennes à leur faim. Pas de dégoût, assez bonnes gens.

Troupeau de plus de mille rennes. (Chaque race a son animal, le nôtre la vache, Orient le chameau, ici le renne.) Comment, avec un tel capital, ne sont-ils pas plus civilisés ? Les Arabes, dès qu'ils ont quelque chose, sont d'une aristocratie, bien vêtus, soignés, etc. Ici, non. Mauvaise aventure historique, mal élevés.

Fibule de ceinture en os de renne, et dessin analogue à une des cavernes du Périgord.

Les enfants très jolis : beaux fronts. Charmant sourire de l'enfant en gaine. Ils se laissent dessiner et en sont fiers. Son étonnante sagesse et gaîté. Gros et potelé. Sa mère lui chante et lui parle en le faisant téter.

Dessin du renne, son anatomie de l'estomac. Le consul assure qu'il y a peu de croisements.

Je dors dans l'après-midi. Dîner.

Descente de la côte avec l'officier. Nouvelles graves. Dépêche chez les Lapons.

Mauvais temps toute la journée.

Vallée pour aller chez les Lapons. Belles vues alpestres, torrents tombant des deux côtés. Bouleaux, végétation à terre charmante, analogue à la Syrie. Touffes admirables d'herbes de tourbières.

Race vivant d'un animal, se subordonnant à un animal.

Ils craignent pour leurs rennes en Laponie.

*

* *

16 juillet, samedi.

Vers minuit, dépêche au colonel pour le prince.

Lever à 8 heures. On retourne. « Guerre inévitable » sur dépêche de l'empereur.

Vive inquiétude, sentiment... Trop tard pour que j'envoie dépêche.

Il a neigé sur les montagnes dans la nuit. Beau temps. Admirable. Dans le lac aux Loffoden. Bleu de l'eau, du ciel, des montagnes se couvrent non moins beau.

Brume et pluie.

Ganddorf, dépêche : « la guerre est déclarée », j'adresse dépêche à Cornélie.

Rencontre d'un yacht anglais. Il ne sait rien. Discussion sans fin. Le soir, houle. Grande silhouette de la côte, aux Loffoden, la plus étrange de toutes.

On va droit à Édimbourg. On croit qu'on a touché dans la journée.

*
* *

17 juillet, dimanche.

Assez bonne nuit et matinée ; d'abord clair et blanc, puis, brumeux et pluvieux. Le prince décide de toucher à Drontheim.

Drontheim. Le capitaine de Saint-Brieuc hèle la guerre. Consul... Télégraphes rompus. On se couche et part vers 3 heures.

*
* *

18 juillet, lundi.

Beau temps. Ciel et mer bleus en fiords. Fiords les plus riants de tous.

Sortie par Godoë, ou l'on s'arrête pour déposer le pilote. Beauté admirable de cet endroit, forme des montagnes.

Côtes de Norvège vues du dehors. Beauté. Vers 4 heures on voit côtes encore.

*

* *

19 juillet, mardi. Houle pendant la nuit. Beau temps. Le soir, Aberdeen. Barques autour de nous, marques de sympathie. Punch à l'équipage. Chants patriotiques. Certaine excitation. Visconti arrive avec journaux.

Je vais à Londres avec le prince.

*

* *

20 juillet, mercredi.

Le prince renonce à Berwick, il descend à Scarborough. Traverse toute l'Angleterre. Londres le soir. Je vais avec Walewski à Claridge-Hotel, de là à l'ambassade, M. de Lavalette, M. Tissot.

Ce que me dit M. de Lavalette pour le prince, fort pour la guerre.

Nuit à Claridge-Hotel.

21 juillet, jeudi.

Départ à 6 heures. M. de Lavalette à la gare. Accident du yacht. Douvres, population ordinaire. Blanc et Chenavard-Lefort.

À terre, émotion militaire à Calais.

À Boulogne, Ferri Pisani. Effet toujours grandissant. Arrivée à 6 heures. Congé du prince. Tristesse.

Paris morne.

FIN